1860 (Mars 20)
avec les prix de Decamps.

AF262282

CATALOGUE

D'UNE

COLLECTION

DE

TABLEAUX

PEINTS PAR

M. J. BEAUME

ET DE

QUELQUES TABLEAUX CHOISIS

DE

L'ÉCOLE MODERNE

PAR

Decamps, E. Isabey, Philippe Rousseau et Ary Scheffer

DONT LA VENTE AURA LIEU

HOTEL DES COMMISSAIRES-PRISEURS

Rue Drouot, n° 5

GRANDE SALLE N° 1,

LE MARDI 20 MARS 1860, A 3 HEURES PRÉCISES

Par le ministère de M° **BOUSSATON**, Commissaire-Priseur,
rue des Petites-Écuries, 43;
Assisté de **M. Amédée SUSSE**, place de la Bourse, 31,
Chez lesquels se distribue le présent Catalogue

EXPOSITIONS

PARTICULIÈRE : Le Dimanche 18 Mars 1860, de midi à cinq heures;
PUBLIQUE : Le Lundi 19 Mars 1860, de midi à 5 heures.

MOREAU-NÉLATON
1927

1860

CATALOGUE

D'UNE

COLLECTION

DE

TABLEAUX

PEINTS PAR

M. J. BEAUME

ET DE

QUELQUES TABLEAUX CHOISIS

DE

L'ÉCOLE MODERNE

PAR

Decamps, E. Isabey, Philippe Rousseau et Ary Scheffer

DONT LA VENTE AURA LIEU

HOTEL DES COMMISSAIRES-PRISEURS

Rue Drouot, n° 5

GRANDE SALLE N° 1,

LE MARDI 20 MARS 1860, A 3 HEURES PRÉCISES

Par le ministère de M° **BOUSSATON**, Commissaire-Priseur,
rue des Petites-Écuries, 43;
Assisté de M. **Amédée SUSSE**, place de la Bourse, 31,
Chez lesquels se distribue le présent Catalogue

EXPOSITIONS

PARTICULIÈRE : Le Dimanche 18 Mars 1860, de midi à cinq heures;
PUBLIQUE : Le Lundi 19 Mars 1860, de midi à 5 heures.

1860

CONDITIONS DE LA VENTE

Elle sera faite au comptant.

Les Acquéreurs paieront CINQ pour cent en sus des adjudications, applicables aux frais.

DÉSIGNATION

DES

TABLEAUX

BEAUME

2,100.

1 — La Saison des Fleurs.

Toile en largeur, 1 m. 00 c. sur 1 m. 25 c.

1,500.

2 — Les Amours.

Hauteur, 1 m. 18 c. sur 90 c.

2000.

3 — La Dîme.

Largeur, 1 m. 18 c. sur 90 c.

1625.

4 — Le Repos de la Sainte Famille.

Largeur, 1 m. 18 c. sur 90 c.

775.

5 — Galilée en prison.

E pur si muove.

Largeur, 1 m. sur 81 c.

1,610.

6 — La Fille repentante.

Ce tableau est gravé.

Largeur, 93 c. sur 70 c.

790.

7 — Chasse au Lion.

D'après un dessin rapporté d'Afrique.

Largeur, 1 m. sur 65 c.

590.

8 — Vache suisse dans un Paysage.

Largeur, 1 m. sur 81 c.

455.

9 — Le Sommeil de l'Enfant.

Hauteur, 1 m. sur 81 c. (Ovale.)

560.

10 — L'Oiseau Mort.

Hauteur, 74 c. sur 60 c.

490.

11 — Pifferari.

Souvenir d'Italie.

Hauteur, 74 c. sur 60 c.

500.

12 — L'Heureuse Mère.

Souvenir d'Italie.

Hauteur, 60 c. sur 46 c.

600.

13 — Les Enfants à la Fontaine.

Souvenir d'Italie.

Hauteur, 61 c. sur 50 c.

610.

14 — Fleurette.

Hauteur, 55 c. sur 46 c.

15 — L'Avare.

Hauteur, 46 c. sur 35 c.

335.

16 — Chasse au Marais.

Largeur, 42 c. sur 32 c.

17 — La Leçon d'Équitation.

Souvenir de Saint-Valery.

Hauteur, 41 c. sur 32 c.

18 — Chasse en Plaine.

Largeur, 42 sur 26 c.

19 — Frère et Sœur.

Scène d'intérieur.

Hauteur, 41 c. sur 32 c.

20 — L'Automne : Jeune Fille au Bain.

Hauteur, 41 c. sur 32 c.

21 — L'Été : Jeune Fille au bain.

Hauteur, 41 c. sur 32 c.

22 — Le Chasseur malheureux.

Largeur, 41 c. sur 27 c.

23 — Le Retour du Vieux Soldat.

Hauteur, 41 c. sur 32 c.

24 — Le Matin : Jeune Fille jouant avec son Chat.

Largeur, 42 c. sur 28 c.

25 — La Sortie du Bain.

Hauteur, 27 c. sur 21 c.

26 — La Tentation de saint Antoine.

Largeur. 32 c. sur 26

27 — L'Enfant dort !...

Scène d'Intérieur.

Hauteur, 32 c. sur 25 c.

28 — La Bouillie.

Hauteur, 35 c. sur 29 c.

29 — Le Gardien du Logis.

Largeur, 36 c. sur 28 c.

30 — Chasse au Renard.

Largeur, 46 c. sur 13 c.

31 — Chasse au Marais.

Largeur, 46 c. sur 13 c.

32 — Chiens au Chenil.

Largeur, 24 c. sur 19 c.

33 — Jeune Fille tenant des Fleurs.

Tête d'étude.

Hauteur, 46 c. sur 36 c.

34 — Les Baigneuses.

Largeur, 24 c. sur 19 c.

35 — La Mort de Charles-Quint.

Largeur, 1 m. 18 c. sur 90 c.

DECAMPS

36 — La Mare: village du Gâtinet.

Toile en hauteur, 38 c. sur 46 c.

DECAMPS

37 — La Mort et le Bûcheron.

Toile en hauteur, 60 c. sur 71 c.

DECAMPS

38 — Sablonnière, forêt de Fontainebleau.

Toile en largeur, 36 c. sur 27 c.

EUG. ISABEY

39 — Entrée du Port de Boulogne.

Toile en largeur, 21 c. sur 32 c.

LEPAULE

40 — Mlle Duvernay, de l'Opéra.

Gravé par Goupil et Cie, sous le nom de Miranda.

PHILIPPE ROUSSEAU

41 — Nature morte.

Toile en hauteur, 1 m. 53 c. sur 1 m. 4 c.

42 — Chien et Chat.

Toile en largeur.

TONY JOHANNOT

43 — Esquisse de Bataille: Louis XII passant le Méandre.

Toile en largeur, 18 c. sur 23 c.

ARY SHEFFER

44 — Le Roi de Thulé.

Toile en hauteur 76 c. sur 50 c.

45 — Sous ce numéro seront vendus les objets non catalogués.

RENOU et MAULDE, Imprimeurs de la Compagnie des Commissaires-Priseurs, rue de Rivoli, 144.   8812

www.ingramcontent.com/pod-product-compliance
Lightning Source LLC
Chambersburg PA
CBHW050645070726

47597CB00010B/4239